Títulos originales: *Mini-Loup - Je lis avec toi : Quel cirque ! / Mission Gâteaux ! / Mini-Loup joue à cache-cache / Le Bonhomme de neige*

Texto e ilustraciones: Philippe Matter

Valentín Beato, 21
28037 Madrid
www.brunolibros.es

Dirección editorial: Begoña Lozano
Edición: Bárbara Fernández
Traducción: Isabel Soto
Preimpresión: Equipo Bruño
Diseño: Óscar Muinelo

ISBN: 978-84-696-4197-2
Depósito legal: M-117-2024

Printed in Spain

PAPEL DE FIBRA CERTIFICADA

1.ª edición: febrero 2024
2.ª edición: abril 2025

Con pictogramas

CUENTOS de LOBITO

para aprender a leer

2.ª edición

Philippe Matter

Bruño

Personajes

Abuelo Lobo
Abuela Loba
Papá Lobo
Mamá Loba
Pedrito
Lobezna
Dudú
Pincho
Lobito
Aniceto

JUGANDO AL ESCONDITE

—¡Vamos a jugar al escondite! —dice 

a sus amigos.

Se apoya en un , se tapa los 

con las 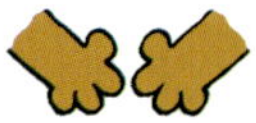 ¡y cuenta sin parar!

¡Uf! Se le hace tan largo como el 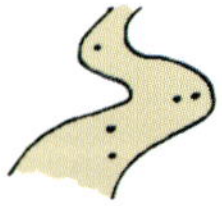

en  a  del  y la .

—27, 28, 29... ¡y 30!

—¡Chicos, ya voy! —  en cuanto

abre los .

¡Empieza el juego! Cerca del 

no hay nadie.

Pero  sabe que todos sus amigos

están cerquita, muy bien escondidos...

De pronto,  se fija en un .

«¡Qué raro que tenga !», piensa.

— y , ¡os he encontrado! —.

Encontrar a  es mucho más fácil,

 tiene un truco que nunca falla.

—¿Quién quiere un  ? — .

Entonces su amigo sale enseguida

de su escondite: un .

 es muy goloso, ¡le encantan los dulces!

—¡ está en el agua! —dice .

Y es que un  no se esconde fácilmente.

Además,  es un gran detective,

¡y eso que no lleva !

Ahora tiene que pillar a ,

¡que es más listo que un !

 no chapotea en el ,

ni está entre los ...

«¿Se habrá subido a este ?»,

se pregunta .

Entonces le suelta un patadón

y el pobre  se cae.

—¡Falta ! —dice .

—¡Chist! He oído el rugido de un .

Venía de ahí —dice  señalando

unas 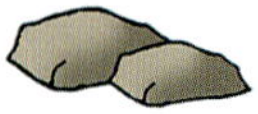.

—Pues yo no oigo nada —dice ,

que no tiene las  tan grandotas

como su amigo el .

—¿Habrá sido  ? —pregunta .

—¡Nooo! Un  no sabe rugir… —dice .

—¡GRRR!

Esta vez todos escuchan el extraño ruido.

¡Tienen tanto miedo como

si hubieran visto un !

—¡Mirad, ahí arriba! —salta  .

¡No era un  ! Es  , que está 

en la  de ese  .

Los amigos respiran aliviados.

—¡  , baja! ¡Te he encontrado!

—exclama  .

El pobre  se despierta asustado

y se cae de su .

—¡Ayyy! —se queja  —. ¡Me he hecho

un buen  en la !

—Lo siento, te he asustado... —se disculpa

 —. ¡La próxima vez que juguemos al

escondite tendrás que ponerte un 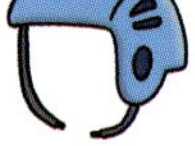!

Todos rompen a  y saltan

contentos sobre las 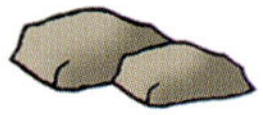.

—¡La risa es la mejor  para

el dolor de ! —dice .

Vocabulario

Lobito

Árbol

Ojos

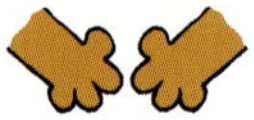

Manos

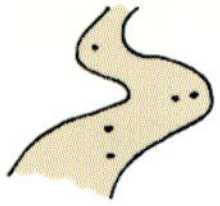

Camino

Coche

Casa

Abuelo Lobo

Abuela Loba

Gritar

Arbusto

Pies

Queta

Luna

Aniceto

Pastel

Montón de paja

Trompa

Elefante

Lupa

Vocabulario

Pincho

Zorro

Estanque

Arbustos

Dudú

León

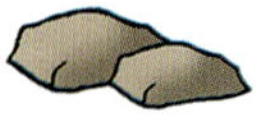

Rocas

Orejas

Perro

Fantasma

Roncar

Rama

Nido

Chichón

Cabeza

Casco

Reír

Medicina

EL MUÑECO DE NIEVE

¡BRRR! Hoy hace mucho , pero 

no quiere quedarse en .

¡Irá a buscar a sus amigos

para jugar en la 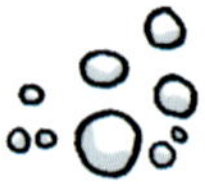!

TOC, TOC.

 llama a la puerta de ,

pero su amigo está malito

y se va a quedar en la 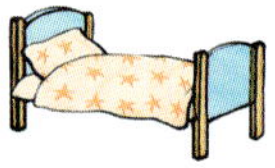.

Luego va a buscar a ,

pero también tiene fiebre.

 y  se han acatarrado porque ayer estuvieron jugando al  y al ratón en la calle, ¡y hacía mucho !

 , pero no se rinde. Irá a buscar al resto de sus amigos.

De 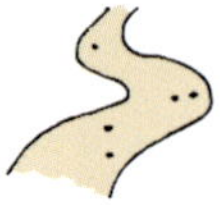 al , sus pequeñas 

de lobo se levantan al escuchar

unas risas...

De pronto,  se encuentra

con ,  y .

¡Están haciendo un enorme !

Le han puesto una  como .

 quiere jugar a otra cosa.

—¡Hacer un  es de ! — 

.

Lo que a él le gusta son las batallas de 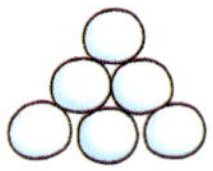.

Pero los demás no tienen ganas

de jugar a eso. No quieren

que la cosa acabe en .

  y decide ir a construir

una  bajo un .

 camina dejando  en la 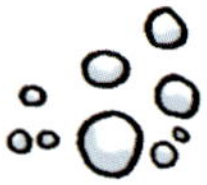.

 lo llama de pronto.

Entonces  se da la vuelta y...,

¡PAF!, recibe el ataque de un montón de 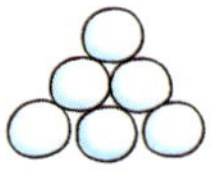.

¡AY!

 pierde el equilibrio y rueda

por toda la 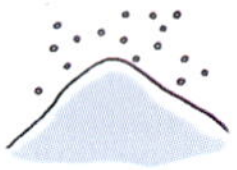 nevada.

¡Gira y gira como un ,

sin poder parar!

¡Menudo porrazo!  ha chocado

contra una .

Está tan mareado que ve las .

Además, está atrapado en la 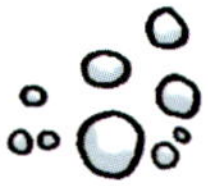

y no puede moverse.

Al verlo, a  se le ocurre una idea...

Le pone unos  y... ¡convierten a 

en un increíble !

—¡Sacadme de aquííí! — 

 .

—¡Nuestro  sabe hablar! —se ríe .

Y todos, hasta , estallan

en una alegre carcajada.

¡GRRR!

Vocabulario

Frío

Lobito

Casa

Nieve

Pincho

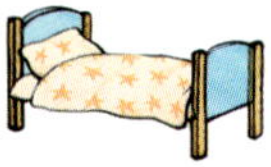

Cama

Aniceto

Gato

Refunfuñar

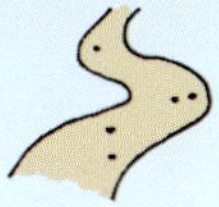

Camino

Campo de fútbol

Orejas

Dudú

Balduino

Queta

Muñeco de nieve

Vocabulario

Zanahoria

Nariz

Bebé

Gruñir

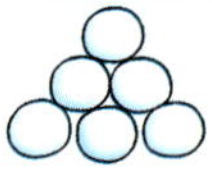

Bolas de nieve

Pelea

Cabaña

Abeto

Huellas

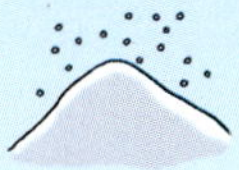

Montaña

Balón de fútbol

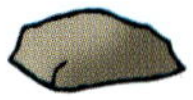

Roca

Estrellas

Brazos

MISIÓN PASTEL

¡RIIING! Suena el timbre.

¡Se acabó el 

por hoy!

 borra la 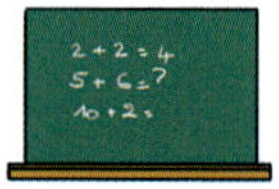

y los alumnos revisan sus mochilas para no olvidar nada.

Antes de que salgan, la  reparte un  para los padres.

De 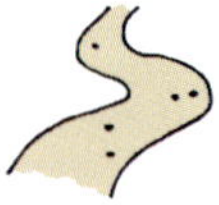 a ,  comenta con  y 
la nota que les ha dado la .

—¡Mañana venderemos  en el 

y conseguiremos  para nuestra
excursión al zoo!

A la mañana siguiente,  y 

coinciden de 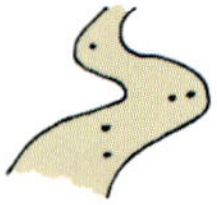 al 

.

Llevan en las 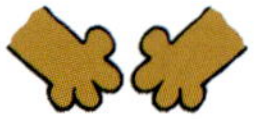  enormes

y deliciosos  que han preparado

sus mamás.

 piensa que su mamá es la mejor pastelera del .

¡Cuando cocina lleva un  chulísimo!

Pero  no está nada de acuerdo.

Para él, la mejor es, sin duda, .

 se niega a darle la razón hasta

que  pruebe un  de su .

 acepta, a condición de que  también

tome un  de su pastel de .

¡OINK!

Después de haber probado un 

de los , los  amigos no se deciden.

Uno tiene más , el otro sabe

a ricos ...

Así que, para aclararse, tendrán

que probarlos de nuevo.

¡ y  no paran de comer durante el 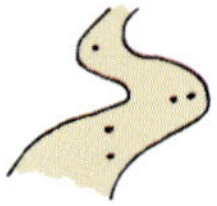! Al llegar al 

, por fin se ponen de acuerdo: ¡sus mamás han empatado! Las  son las mejores pasteleras del .

COLEGIO

En el 

, sus amigos están jugando con el  mientras la  recoge todos los  que han hecho los papás y las mamás para guardarlos en la .

Cuando llegan al 

,  y 

se encuentran con .

—¿Dónde están vuestros ?

—les pregunta.

—¡En nuestras 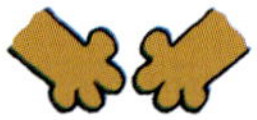! ¿No los ves?

—dicen orgullosos  y .

De pronto se dan cuenta

de que sus  están vacíos.

Ups... ¡Se han zampado los  enteritos!

—Se nos cayeron al suelo, 

—explica  .

Pero la  no se cree ni una palabra...

¡y está muy !

Ya en clase, sentado en su ,

 le dice a :

—Amigo, prométeme que la próxima

vez no discutiremos por los ...

—Prometido, ... ¡Hay que ver cómo

me duele la  de tanto comer!

Vocabulario

Colegio

Queta

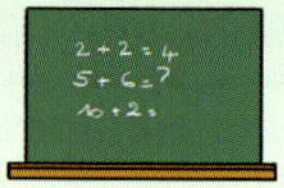

Pizarra

Profe Lulú

Papel

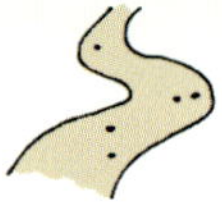

Camino

Casa

Lobito

Aniceto

Pincho

Pasteles

Dinero

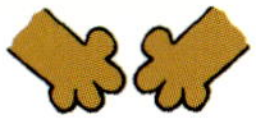

Manos

Dos

Mundo

Vocabulario

Gorro de chef

Mamá Loba

Pedazo

Pastel de cerezas

Chocolate

Azúcar

Huevos

Balón de fútbol

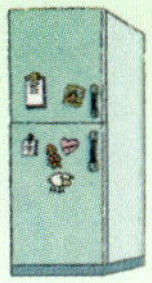

Nevera

Balduino

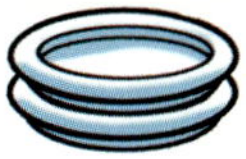

Platos

Enfadada

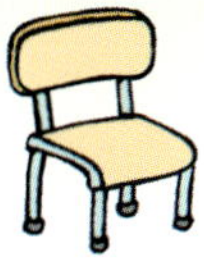

Silla

Barriga

¡RÍE, LOBEZNA!

 y  quieren jugar a la .

—Dentro de  no podéis —dice —.

Salid al jardín.

Cuando salen, los chicos ven a 

sentada en el .

Está , ¡porque se aburre muchísimo!

 se ofrece a ir a buscar sus ,

pero ella no los quiere.

Así que los  amigos deciden hacer

todo lo posible para devolverle la .

 empieza a hacer divertidas .

¡BRRR!
¡BRRR!

Guiña los , se tapa la 

y saca la  una y otra vez.

Pero nada funciona:  sigue .

Entonces lo intenta .

Primero se pone una  de 

y un  puntiagudo.

Luego se calza unos enormes  .

¡Tachán! , con su disfraz de ,
empieza a bailar y hace unos ruidos
muy graciosos: ¡silba y canta como un !

Después se pone a dar volteretas de acá para allá. Lo mejor del espectáculo son sus equilibrios sobre una  mientras saca la .

¡Es como estar en el  de verdad!

Aun así,  sigue sin ...

 le lanza un chorro de agua

con su  de broma.

Entonces aparece  con

un montón de .

¡Allá va! Empieza a lanzar un ,

y luego otro, y otro más.

 es muy : ¡todos los 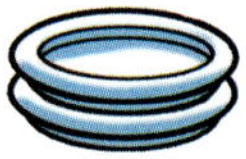

vuelan por los aires!

 habría seguido con sus malabares

mucho tiempo si  no hubiera

empezado a gritar:

—Pero ¿qué haces con mis ?

 se lleva tal susto que se despista.

Y entonces... ¡todos los  le caen en la cabeza!

 está muy , pero  lo ha conseguido:

 se  a carcajadas.

Al verla, su hermano sonríe.

Tiene un gran .

Vocabulario

Lobito

Aniceto

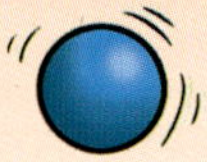

Pelota

Casa

Mamá Loba

Lobezna

Columpio

Enfurruñada

Juguetes

Dos

Sonrisa

Muecas

Ojos

Nariz

Lengua

Payaso

Vocabulario

Sombrero de fiesta

Zapatos

Pájaro

Mano

Circo

Reír

Flor

Platos

Plato

Fuerte

Enfadada

Corazón

Índice

Este libro se terminó de imprimir
en el mes de abril de 2025.